V

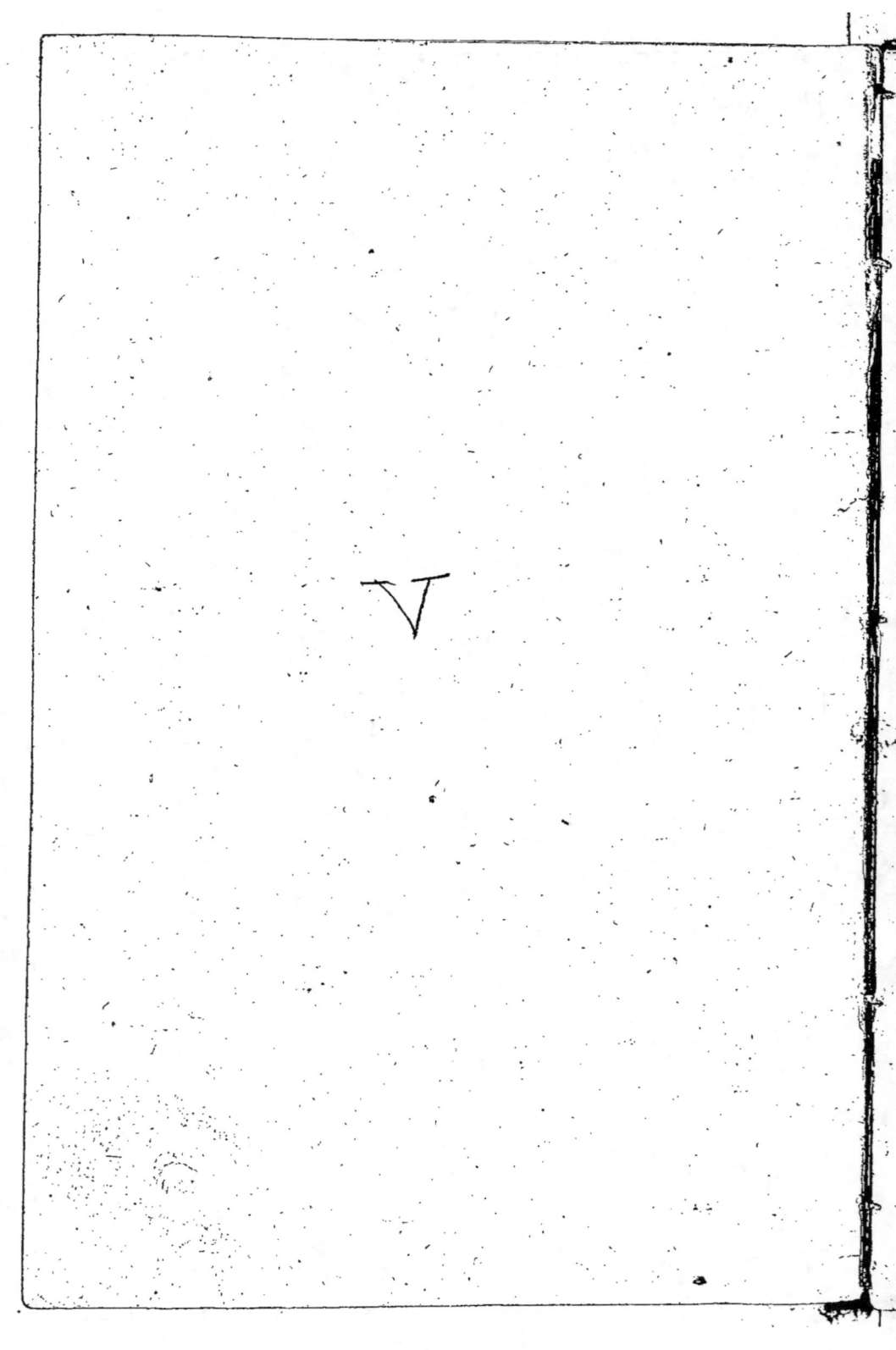

de Coninck

REVUE POUR 1858

DIX-NEUVIÈME ANNÉE

HAVRE

JANVIER 1859

Havre. — Imprimerie Alph. LEMALE, quai d'Orléans, 9

REVUE POUR 1858

Havre, Janvier 1859.

L'année 1858 a été appelée une année de liquidation : elle se distingue en effet des précédentes, par le désir de terminer d'anciennes affaires plutôt que d'en entreprendre de nouvelles.

Il en est résulté l'absence presque absolue de l'esprit de spéculation qui n'est, du reste, basé que sur la confiance dans l'avenir ; aussi, n'a-t-on pas vu en 1858, ces hausses exagérées qui avaient eu lieu en 1857.

Nous avions commencé l'année avec des stocks considérables en toute espèce de produits, qui ont trouvé un écoulement rapide, grâce à une baisse de 35 %, en moyenne, sur les plus hauts cours de 1857.

La crise commerciale et financière de 1857 ne paraît pas avoir affecté la masse des consommateurs. Nous voyons, en effet, que l'année

1858 a été remarquable par de grandes consommations en Cotons, Sucres et Cafés.

Les importations, par contre, à l'exception des Cotons, ont été beaucoup plus faibles qu'en 1857, et elles ont généralement été peu rémunératives, les prix sur les lieux de production ayant presque constamment été plus élevés que la parité de nos cours.

De cette double circonstance, des grandes consommations et des faibles importations, il est résulté que nous sommes arrivés à la fin de 1858 avec de très faibles stocks en Sucres, Cafés, Cuirs, etc. Les stocks en Coton, au contraire, présentent une augmentation assez sensible.

L'industrie cotonnière, qui avait eu à lutter en 1857 contre les hauts prix de la matière première, s'est trouvée en 1858 dans une position bien meilleure, et tout semble annoncer une magnifique année industrielle pour 1859.

Les belles récoltes de froment, de pommes de terre et de vin, ont amené la vie à bon marché, et l'économie ainsi réalisée sur l'alimentation se chiffre par bien des centaines de millions.

L'intérêt de l'argent qui était déjà descendu à 4 % au commencement de l'année 1858, est tombé graduellement à 3 %, taux actuel, et l'encaisse énorme de la Banque de France autorise à croire qu'il sera maintenu ainsi longtemps encore.

L'approvisionnement des Cotons en laine promet d'être d'une abondance extraordinaire, et déjà les prix ont fléchi de plus de 10 % sur les hauts cours de 1858 qui présentaient une baisse de 15 % sur les prix les plus élevés de 1857 !

Enfin les stocks en Filés et Tissus étaient à peu près nuls à la fin de 1858 et les fabricants trouvent ainsi un débouché facile et lucratif de leurs produits dont le placement est souvent engagé à l'avance.

Les armements maritimes qui n'avaient pas été prospères en 1857, ont été désastreux en 1858. Les frets en retour de l'Inde ont baissé de 50 % à 75 % pour les navires français, qui n'ont pas été beaucoup plus heureux ailleurs. Les navires anglais ont été chargés dans l'Inde pour l'Europe, à des prix ruineux de cinq et dix shellings le tonneau !

La conséquence d'une telle position a été une baisse plus forte encore sur la valeur des navires dont la vente est devenue très difficile.

L'exploitation des services transatlantiques, pour laquelle les Chambres avaient voté en 1857 une subvention de 14 millions, va enfin recevoir un commencement d'exécution sur la ligne du Brésil, par la Compagnie des Messageries Impériales.

Une autre Compagnie est en formation pour l'exploitation de la ligne des Antilles, départs de Nantes, et celle de New-York, départs du Havre ; mais elle est loin d'avoir son capital souscrit.

Les assurances maritimes ont généralement été plus lucratives en 1858 qu'en 1857.

Cours des Fonds Publics au 10 de chaque mois 1858

MOIS	3 %	4 ½ %	BANQUE	Crédit Mobilier	CHEMINS DE FER			
					Est	Ouest	Orléans	Nord
Janvier	70 —	94 —	3,250	1,040 —	715 —	720 —	1,423 —	965 —
Février	69 30	95 —	3,140	950 —	700 —	695 —	1,402 —	965 —
Mars	69 30	93 —	3,055	845 —	690 —	665 —	1,340 —	945 —
Avril	69 50	93 75	3,100	745 —	700 —	625 —	1,270 —	950 —
Mai	69 90	93 50	3,050	725 —	650 —	600 —	1,265 —	950 —
Juin	68 —	93 50	3,075	607 —	625 —	575 —	1,215 —	920 —
Juillet	68 30	95 —	3,100	635 —	632 —	590 —	1,272 —	919 —
Août	69 —	96 90	3,100	680 —	685 —	620 —	1,295 —	940 —
Septembre	72 55	96 —	3,145	925 —	755 —	640 —	1,405 —	970 —
Octobre	73 55	96 20	3,090	970 —	735 —	625 —	1,370 —	982 ½
Novembre	73 80	96 25	3,160	977 ½	707 —	617 ½	1,370 —	995 —
Décembre	73 —	96 80	3,145	987 ½	700 —	610 —	1,395 —	1,002 —

Le cours de la rente s'est sensiblement amélioré en 1858, et le 3 %, thermomètre politique, a franchi un moment F. 75. La Banque de France s'est tenue dans les environs de F. 3,100, taux encore supérieur à la valeur réelle des Actions, d'après le dividende annoncé. Le Crédit Mobilier a eu de brusques variations, mais a regagné à peu près le terrain perdu à la fin de l'année.

Les Chemins de l'Est et de l'Ouest, dont les recettes kilométriques ont éprouvé une diminution assez sensible, ont subi, par suite, une forte baisse ; il en a été de même des Chemins d'Orléans, mais à un degré beaucoup moindre. Les Chemins du Nord, par contre, se sont tenus généralement au-dessus des cours de 1857.

Nous commençons l'année 1859 avec des préoccupations politiques qui ont arrêté l'élan que les affaires semblaient vouloir prendre. Nous aimons, toutefois, à penser que la sagesse du Gouvernement de l'Empereur saura bientôt dissiper les craintes de voir la paix de l'Europe troublée.

COTONS

L'année 1858 venant à la suite d'une crise grave et sans précédent, offre une période très intéressante à étudier, sous le rapport du commerce du Coton qui, jusqu'à présent, justifie pleinement les prévisions les plus favorables.

Le développement de la consommation de cet article de première nécessité, semble, en effet, n'avoir d'autre limite que celle posée par la production : aussi ne paraît-on nullement effrayé d'une récolte de 3,500/m. balles comme celle annoncée pour 1858/9. C'est bien plutôt le contraire que l'on redouterait, et l'Angleterre a si bien compris le danger de voir ses approvisionnements diminuer, qu'un Comité permanent a été fondé à Manchester pour aviser au moyen de suppléer au déficit dans les importations des Cotons des Etats-Unis, dont la proportion, pour l'Angleterre, tend à diminuer d'une manière constante.

Le tableau suivant rendra cette observation plus sensible :

Distribution proportionnelle des huit Récoltes, 1850 à 1857

Années.	Récoltes.	Angleterre.	France.	Nord de l'Europe.	Autres pays étrangers.	Consommation des États-Unis
		pour % exportés aux pays suivants				
1850	2,204,206 b.	50.20	13.13	3.27	5.51	27.10
1851	2,415,257	58.72	12.44	5.31	5.77	19.21
1852	3,090,029	54.—	13.65	5.45	6.—	21.94
1853	3,352,882	51.80	12.82	5.15	5.77	22.69
Moyenne de 4 ans.	2,765,593	53.68	12.98	4.79	5.78	22.71
1854	3,035,027	52.84	12.32	5.44	5.80	23.57
1855	2,932,339	52.83	13.94	4.61	5.09	23.14
1856	3,645,345	52.70	13.18	8.06	7.37	21.12
1857	3,056,519	46.74	13.52	8.26	5.38	26.52
Moyenne de 4 ans.	2,966,450	51.28	13.24	6.84	5.91	23.58

On voit d'après ce tableau que, tandis que l'Angleterre recevait en 1851, 58.72 % de la récolte des États-Unis, sa part est descendue en 1857 à 46.74 %.

Et la moyenne des quatre années 1850/53, qui avait été de 53.68 %, est descendue, pour la période des quatre années 1854/57, à 51.28 %.

Le même tableau démontre que la part de la France, dans les exportations des États-Unis, a subi des variations à peine sensibles pendant toute la période des huit années 1850/7.

Il en est tout autrement des pays d'Europe autres que l'Angleterre et la France.

En 1850 ils ne recevaient que 3.27 % de la récolte des États-Unis, contre en 1857........................ 8.26 %, soit une augmentation de 3 %.

Enfin les États-Unis tendent à retenir toujours une plus grande quantité de Coton pour leur propre consommation.

On comprend dès lors que l'on se préoccupe tant en Angleterre, dans les années de courte récolte, d'une question aussi vitale et nous tirons la conséquence de ce qui précède, qu'il faudra nécessairement se familiariser avec le maintien de prix relativement élevés sur les lieux de production.

La répartition de la récolte 1857/8, arrêtée à 3,113,962 balles, ferait remonter l'Angleterre à son plus haut chiffre de 58 °/₀ ; mais pendant cette campagne, la France et les autres pays d'Europe avaient diminué leurs achats ainsi que les États-Unis.

Il en sera probablement tout autrement pendant la campagne 1858/9, car la prospérité générale de l'industrie cotonnière se traduira par une concurrence très grande pour les achats aux États-Unis : aussi voyons-nous déjà que, malgré la certitude d'une très forte récolte, les prix en Amérique, après un moment d'hésitation, n'ont pas tardé à repointer en hausse. Il en a été autrement en Europe et principalement en France.

Le marché du Havre se trouve pour le moment écrasé par les expéditions énormes des États-Unis, depuis l'ouverture de la nouvelle campagne, soit 208,000 B. contre 80,000 B.

La baisse en Décembre a été rapide, soit 7 à 8 c. sur les Cotons bas et très ordinaire Louisiane. Cette baisse se trouve arrêtée aujourd'hui.

D'un côté on voit qu'il va forcément y avoir un temps d'arrêt dans les expéditions des États-Unis pour la France et que de l'autre les débouchés promettent de continuer sur une grande échelle, sous l'influence du bon marché de l'argent et des denrées alimentaires.

Dans cette position nous pensons que les prix, en 1859, présenteront peu de variations et le bas Louisiane devra rouler, pendant toute l'année, dans les environs de 95.

Le tableau suivant indique les variations des cours sur la place du Havre pendant l'année 1858 :

Cours des Cotons bas et très ordinaire Louisiane

	Bas Louisiane.			Très ordinaire Louisiane.		
	plus bas.	plus haut.	moyenne.	plus bas.	plus haut.	moyenne
Janvier	91 —	95 —	93 —	94 —	97 —	96
Février	94 —	99 —	96 —	97 —	104 —	100
Mars	97 —	100 —	98 —	103 —	105 —	104
Avril	96 —	98 —	97 —	102 —	103 —	102
Mai	99 —	101 —	100 —	105 —	106 —	105
Juin	97 —	99 —	98 —	104 —	105 —	104
Juillet	99 —	100 —	99 —	105 —	105 —	105
Août	102 —	104 —	102 —	107 —	108 —	107
Septembre	104 —	108 —	106 —	108 —	112 —	110
Octobre	106 —	108 —	107 —	111 —	112 —	111
Novembre	105 —	105 —	105 —	109 —	109 —	109
Décembre	97 —	103 —	100 —	102 —	107 —	105
	Moyenne de l'année		100	Moyenne de l'année		105
	Moyenne de 1857		110	Moyenne de 1857		113 ⅓

Les tableaux suivants résument le mouvement des importations en France, en Angleterre et autres pays d'Europe, pendant l'année 1858, comparée aux quatre années précédentes :

Arrivages de Coton au Havre

Années	des États-Unis	du Brésil et d'ailleurs	de l'Inde	Total
1858	491,000 B.	13,900 B.	15,600 B.	521,000 B.
1857	392,000	9,400	29,900	431,300
1856	434,000	12,700	—	446,700
1855	406,000	11,500	—	417,500
1854	411,000	14,000	—	425,000

Arrivages dans les autres Ports de France

Années	des États-Unis	du Brésil et d'ailleurs	de l'Inde	Total
1858	12,000 B.	22,000 B.	10,500 B.	44,500 B.
1857	11,000	22,000	7,500	40,500
1856	30,000	28,000	—	58,000
1855	12,000	33,000	—	45,000
1854	19,300	26,000	—	45,300

En réunissant ces deux tableaux, les importations en France ont été de

565,500 B. en 1858
471,800 » 1857
504,700 » 1856
463,600 » 1855
470,000 » 1854

Les importations en 1858 ont ainsi été les plus fortes connues, l'augmentation sur celles de 1857 a été de :

100,000 B. des États-Unis ; l'excédant provient, en majeure partie, des importations du mois de Décembre.
4,500 » du Brésil et d'ailleurs.

Il y a eu diminution de 11,400 B. sur les sortes de l'Inde, dont les prix, sur les lieux de production, ont été hors de proportion avec les prix en Europe.

La moyenne des importations générales en France, des cinq dernières années, donne :

498,000 B. contre
413,000 » moyenne de 1849/53, cinq années précédentes.

Les importations en Angleterre ont été comme suit, pendant les cinq dernières années :

Années	des É.-Unis	du Brésil	des Antilles et d'ailleurs	d'Egypte	de l'Inde	Total
1858	1,863,000 B.	106,000 B.	7,000 B.	106,000 B.	361,000 B.	2,443,000 B.
1857	1,482,000	168,000	11,500	75,600	680,000	2,417,000
1856	1,758,000	122,000	21,000	103,000	464,000	2,468,000
1855	1,623,000	135,000	9,000	115,000	396,000	2,278,000
1854	1,666,000	107,000	9,300	81,000	308,000	2,171,000

Il y aurait ainsi une augmentation sur 1857 de :

	381,000 B.	des États-Unis
	31,000	de l'Egypte
et diminution de	319,000	de l'Inde
	62,000	du Brésil
	4,000	autres sortes.

Dans les pays d'Europe autres que l'Angleterre et la France, on a reçu :

	1858	1857	1856	1855	1854
des États-Unis directement..	396,000 B.	410,000 B.	552,000 B.	284,000 B.	342,000 B.
de l'Inde	40,000	60,000	—	—	—
de l'Angleterre	348,000	337,000	327,000	317,000	316,000
de la France	70,000	50,000	45,000	43,000	20,000
	854,000 B.	857,000 B.	924,000 B.	644,000 B.	678,000 B

Il résulte des tableaux ci-dessus que les importations en Europe des pays de production ont été, en 1858, de :

3,444,500 B. en toutes sortes, contre :
3,358,000 en 1857
3,535,000 » 1856
3,025,000 » 1855
2,983,000 » 1854

Les recettes et les expéditions des États-Unis ont été comme suit, depuis cinq ans :

Tableau du mouvement des Cotons aux États-Unis

Années	Récoltes	Exportations des États-Unis pour			Total
		Angleterre	France	Continent	
1857—58....	3,114,000 B.	1,810,000 B.	384,000 B.	396,000 B.	2,590,000 B.
1856—57....	2,940,000	1,428,000	413,000	410,000	2,251,000
1855—56....	3.528,000	1,921,000	480,000	552,600	2,954,000
1854—55....	2,847,000	1,550,000	410,000	284,000	2,244,000
1853—54....	2,928,000	1,604,000	374,000	341,000	2,319,000

Le tableau décennal que nous donnons ci-dessous fera voir d'un coup d'œil la progression dans la consommation du Coton en Europe et aux États-Unis.

Années	Angleterre	France	Autres pays d'Europe	Total en Europe	Consommation aux États-Unis	Consommation du monde
1849...........	1,586,000 B.	390,000 B.	550,000 B.	2,526,000 B.	518,000 B.	3,044,000 B.
1850...........	1,513,000	346,000	500,000	2,359,000	487,000	2,864,000
1851...........	1,662,000	357,000	550,000	2,569,000	404,000	2,973,000
1852...........	1,911,000	439,000	650,000	3,000,000	603,000	3,603,000
1853...........	1,854,000	451.000	700,000	3,000,000	671,000	3,676,000
1854...........	1,949,000	400,000	600,000	2,949,000	610,000	3,559,000
1855...........	2,100,000	427,000	600,000	3,127,000	594,000	3,721,000
1856...........	2,265,000	450,000	725,000	3,440,000	653,000	4,093,000
1857...........	1,960,000	384,000	650,000	2,994,000	702,000	3,696,000
1858...........	2,174,000	395,000	680,000	3,249,000	452,000	3,701,000
Moyenne de 10 ans	1,897,000 B.	404,000 B.	620,000 B.	2,921,000 B.	569,000 B.	3,493,000 B.
Moyenne de 5 ans 1849/53	1,705,000 B.	396,000 B.	590,000 B.	2,690,000 B.	536,000 B.	3,236,000 B.
Moyenne de 5 ans 1854/58	2,089,000 B.	411,000 B.	651,000 B.	3,152,000 B.	602,000 B.	3,750,000 B.
Augmentation de consommat. en 5 ans	22.52 %	3.78 %	10.33 %	17.17 %	12.30 %	15.88 %

Moyenne des récoltes aux Etats-Unis	1849/53	2,683,200 B.
d°	1854/58	3,071,400

Augmentation de production en cinq ans, 14.46 %.

Nous commençons l'année avec un stock général en Europe de :

550,000 B. contre :
570,000 » au 31 Décembre 1857
425,000 » » 1856
570,000 » » 1855
725,000 » » 1854

CAFÉS

En 1858, les importations ont présenté une grande diminution sur le chiffre des années précédentes ; elles se composent de 31,000,000 kil. contre 52,500,000 en 1857, et 40,000,000 en 1856. Il faut dire que l'importation de 1857 et 1856 étaient au-dessus de la moyenne.

La diminution porte presque en totalité sur les Ceylan, Brésil et Haïti.

Tableau des importations pour les cinq dernières années

Années	Cafés Étrangers		Colonies françaises	Total
	d'en-deçà des Caps au droit de 57 ¼ le ½ kil.	d'au-delà des Caps au droit de 46 80 le ½ kil		
1858	24,000,000 K.	6,100,000 K.	900,000 K.	31,000,000 K.
1857	37,100,000	15,500,000	1,000,000	53,600,000
1856	27,000,000	12,200,000	800,000	40,000,000
1855	29,700,000	9,500,000	650,000	39,900,000
1854	25,500,000	8,800,000	700,000	35,000,000
1853	20,110,000	6,700,000	950,000	27,800,000

La consommation a dépassé de peu de chose celle de 1857. Les acquittements ont été de 28,000,000 contre 27,900,000.

Au commencement de l'année, les affaires ont encore été influencées par la crise, et ce n'est que dans le second semestre que les prix se sont relevés.

La consommation a été bonne partout, et les stocks se sont réduits d'une manière importante.

Cette position semble ramener la confiance dans l'article, et nous voyons se traiter des affaires à des prix progressivement en hausse.

Les nouvelles de Java et du Brésil sont pour des récoltes moyennes, tandis que Ceylan paraît devoir être favorisé.

Prix des Cafés Haïti, Rio au Havre en 1858.

	HAITI.			RIO NON LAVÉ.			RIO LAVÉ.		
Janvier	54 —	à	56 —	48 —	à	53 —	66 —	à	72 50
Février	53 —	»	54 —	49 50	»	52 —	69 50	»	— —
Mars	54 50	»	55 75	47 —	»	53 —	72 —	»	— —
Avril	54 —	»	— —	46 —	»	51 —	78 50	»	80 —
Mai	56 —	»	— —	46 —	»	50 —	67 —	»	72 —
Juin	55 75	»	56 75	48 75	»	54 —	62 —	»	63 —
Juillet	58 50	»	60 50	51 50	»	59 —	71 50	»	79 50
Août	58 50	»	59 25	52 75	»	58 —	79 —	»	81 —
Septembre	62 —	»	65 25	55 50	»	61 50	75 —	»	— —
Octobre	63 50	»	65 25	59 —	»	67 —	76 50	»	85 —
Novembre	62 50	»	— —	57 50	»	64 —	79 —	»	81 75
Décembre	63 25	»	64 75	59 50	»	65 50	72 75	»	83 25

Importations et débouchés des Cafés au Havre, pendant les cinq dernières années.

Années.	Importations.	Débouchés.	Stock au 31 Décembre
1858	11,700,000 K.	17,400,000 K.	2,000,000 K.
1857	23,000,000 »	18,500,000 »	7,500,000 »
1856	16,600,000 »	14,600,000 »	3,000,000 »
1855	18,500,000 »	19,000,000 »	1,200,000 »
1854	12,600,000 »	11,500,000 »	1,800,000 »

Détail des Importations au Havre.

	1858			1857			1856		
Proven.....	Sacs	Qts.	Bts.	Sacs	Qts.	Bts.	Sacs	Qts.	Bts.
Haïti.........	74,000	5	—	138,000	18	—	70,000	—	—
Brésil........	76,600	70	—	101,000	58	—	93,000	—	—
P[e] C[e] Lag[a] et d'aill....	17,000	486	550	18,000	400	1,500	20,000	—	834
de l'Inde..	28,000	500	—	84,600	1,800	1,100	66,000	563	1,331
M. Guad....	161	637	—	—	2,400	—	—	1,237	—
	195,761	1,698	550	341,600	4,676	2,600	249,000	1,800	2,165

Consommation en France en 1858.

28,000,000 K.	contre :	
27,900,000 »	en	1857
23,000,000 »		1856
26,700,000 »		1855
21,700,000 »		1854

La proportion dans laquelle les diverses sortes figurent dans le chiffre des acquittements est de :

Les Cafés de l'Inde.............	figurent	pour	37	%
— de Haïti...............	»	»	22	»
— du Brésil............	»	»	16	»
— autres sortes........	»	»	25	»

Stock au 31 Décembre 1858..	9,300,000 K.	contre :
	21,000,000 »	en 1857
	10,200,000 »	1856

Relevé général des Cafés en France, pour 1858 :

Stock au 31 Décembre 1857.	K.	21,000,000	
Importations en 1858...........	»	31,000,000	52,000,000
Consommation en 1858..........	»	28,000,000	
Exportations en 1858.............	»	14,700,000	42,700,000
Stock au 31 Décembre 1858.............		K.	9,300,000

Il résulte des tableaux pour la France, que les importations ont subi une diminution de 21,000 tonn. sur 1857 ; que la consommation a été à peu près la même, et que les stocks ont diminué de 12,000 tonn.

Importations des cinq dernières années sur les principaux marchés d'Europe :

Quantités exprimées en 1,000 kil.

	1858	1857	1856	1855	1854
	—	—	—	—	—
Hollande — Société de commerce	59,000	54,000	75,000	67,000	54,000
France	31,000	52,500	40,000	38,500	32,500
Londres	20,000	19,000	20,000	20,900	21,700
Anvers — Importations directes	6,000	23,000	11,000	16,000	14,100
Hambourg — Importations directes	33,000	45,000	36,000	43,000	39,700

Le mouvement des Cafés en Hollande, entre les mains de la Société de Commerce des Pays-Bas, a été comme suit, pendant les cinq dernières années :

Années	Importations	Ventes publiques de l'année	Stock au 31 Décembre
—	—	—	—
1858	928,000 B.	1,197,000 B.	482,000 B.
1857	894,000	804,000	709,000
1856	1,150,000	1,053,000	631,000
1855	1,100,000	980,000	477,000
1854	887,000	819,000	394,000

		Prix du Java bon ordinaire
Ventes du printemps	495,809	27 1/2
Ventes en automne	702,957	32
Prix aujourd'hui du Java bon ordinaire		34 1/2

On ne pense pas que les ventes publiques de la Société de Commerce des Pays-Bas dépassent 1,000,000 de sacs cette année.

Stocks généraux en Europe

au 31 Décembre	1858	55,000 T.	environ contre :
» »	1857	98,000 »	
» »	1856	70,000 »	

Les prix sont en hausse et l'article semble en bonne position.

SUCRES

Les importations en France des Sucres de nos Colonies ont été de :

108,000	tonn.	en 1858	contre :
92,100	»	1857	
95,400	»	1856	
89,000	»	1855	
82,000	»	1854	
99,500	»	1847	année qui a précédé l'émancipation.

Ces importations se divisent comme suit :

Quantités exprimées en tonneaux de 1,000 k°

Années.	Guadeloupe.	Martinique.	Réunion.	Cayenne.	Total.
1858..........	27,500	28,500	52,000	—	108,000
1857..........	18,500	22,300	51,000	300	92,100
1856..........	21,600	26,600	57,000	200	95,400
1855..........	21,000	18,500	48,900	600	89,000
1854..........	22,000	24,300	35,700	—	82,000
1847..........	40,300	32,100	24,800	2,300	99,500

Il résulte de ces chiffres que la production de nos Colonies a dépassé celle des plus fortes années, sous le régime de l'esclavage. Ce résultat est dû en partie aux perfectionnements que les planteurs continuent à apporter dans la fabrication du Sucre, mais surtout à l'introduction des travailleurs libres dans les Colonies.

Il serait ainsi très important que cette question fût promptement et définitivement réglée, de manière à satisfaire les intérêts de tous.

Les importations de Sucres étrangers, en 1858, présentent une diminution assez considérable sur celles de 1857; elles se sont élevées à

45,000 tonn.	contre	65,000	tonn. en	1857
		41,000	»	1856
		80,000	»	1855
		48,000	»	1854

Les réexportations en Sucre raffiné s'élevaient, au 30 Novembre

à 52,000 tonn.	contre	34,000	tonn.	douze mois	1857
		35,000	»	»	1856
		34,000	»	»	1855

La campagne de 1857/8 pour le Sucre indigène a produit le chiffre énorme de :

156,000 tonn.	contre	87,000	tonn. en	1856/7
		92,000	»	1855/6
		45,000	»	1854/5
		77,000	»	1853/4

La campagne 1858/9 s'annonce comme ne devant pas produire au-delà de 120,000 tonneaux, soit 36,000 de moins que dans la précédente campagne. Cette forte diminution est motivée en grande partie par les gelées du mois de Novembre, qui ont rendu beaucoup de betteraves impropres au travail.

La consommation de la France, en Sucres de toutes provenances, a été comme suit pendant les trois dernières années :

	1858	1857	1856
Sucre indigène	125,000 tonn.	78,000 tonn.	78,000 tonn.
» des Colonies françaises	115,000 »	85,000 »	94,000 »
» des Colonies étrangères	38,000 »	51,000 »	33,000 »
	278,000 tonn.	214,000 tonn.	205,000 tonn.
à déduire Sucre raffiné exporté	52,000 »	35,000 »	36,000 »
reste pr la consommation de la France	226,000 tonn.	179,000 tonn.	169,000 tonn.

Il y a eu très peu de variations dans les prix en 1858 jusqu'à la fin d'Octobre ; à cette époque la réduction des stocks commençait à produire son effet et plus tard la certitude d'un déficit considérable sur le Sucre Indigène provoqua des achats spéculatifs, nos prix montèrent ainsi successivement de F. 58 à F. 65 pour la bonne 4me de nos Antilles et de F. 38 à F. 42 pour le no 12 Havane.

Nous avons commencé l'année avec un stock extrêmement réduit en Sucre Colonial et nous ne pouvons pas compter sur une augmentation sensible dans les importations de nos Colonies ; mais les Sucres étrangers viendront probablement compenser le déficit qui se ferait sentir par la double réduction des stocks et de la fabrication du Sucre Indigène.

Les probabilités seraient ainsi pour le maintien de hauts prix en 1859, mais en même temps il ne faut pas perdre de vue que des prix exagérés se traduisent ordinairement par une réduction dans les consommations.

Les importations de Sucres dans les principaux ports en Europe se chiffrent comme suit pendant les onze premiers mois de 1858, comparés aux époques correspondantes de 1857 et de 1856.

1858	615,000	tonn.
1857	571,000	»
1856	606,000	»

La consommation du Sucre en Europe paraît avoir dépassé de 100,000 tonneaux celle de 1857.

Les stocks généraux en Europe au 30 Novembre présentaient un déficit de 16,000 tonneaux sur ceux du 30 Novembre 1857, malgré un excédant dans les importations de plus de 30,000 tonneaux.

INDIGOS

Mouvement des Indigos au Havre pendant l'année 1857

	Bengale	Java	Madras et Kurpah	Manille	Caraque	Total
Arrivages	2,636 c.	73 c.	474 c.	6 c.	21c. 202s.	3,210c. 217s.
Ventes	2,623 c.	19 c.	295 c.	18 c.	44c. 202s.	2,999c. 202s.
Expéditions pour la consom.	2,801 c.	31 c.	213 c.	6 c.	24c. 208s.	3,075c. 217s.
pour l'exportation.	323 —	6 —	223 —	» —	— —	552c, —
Ensemble	3,124 c.	37 c.	436 c.	6 c.	24c. 208s.	3,627c. 217s.

Les importations en France, de toutes provenances, ont été comme suit pendant les cinq dernières années :

	1858	1857	1856	1855	1854
Bengale	4,582 c.	8,231 c.	8,773 c.	5,902 c.	5,417 c.
Java	171 »	326 »	686 »	736 »	389 »
Madras et Kurpah	3,980 »	3,344 »	4,491 »	1,903 »	1,733 »
Autres sortes	1,114 »	269 »	271 »	30 »	— »
	9,847 c.	12,170 c.	14,221 c.	8,571 c.	7,539 c.

La consommation entière de la France a été de

6,200	caisses en	1858
8,572	—	1857
9,718	—	1856
9,500	—	1855
8,012	—	1854

Les stocks réunis du Havre et de Bordeaux, du 31 Décembre 1857, en Indigo de toutes provenances, étaient de

	Havre.	Bordeaux.	Total.
Bengale	1,432 c.	733 c.	2,165 c.
Java	91 »	45 »	136 »
Madras et Kurpah	12 »	1,937 »	1,949 »
Manille et autres	51 »	292 »	343 »
	1,586 c.	3,007 c.	4,593 c.

Contre, au 31 Décembre	1857	4,084 c.
—	1856	1,842 »
—	1855	3,471 »
—	1854	4,970 »

Il résulte des tableaux qui précèdent, que les importations en France, en 1858, ont été de

9,847 c. contre
12,170 » en 1857
14,170 » 1856

Les importations, en 1858, présentent ainsi un déficit de

2,323 c. sur celles de 1857 et de
4,323 » — 1856

Nous avons également à constater une diminution de 2,750 caisses dans la consommation, comparée à la moyenne des quatre années précédentes.

Nos stocks présentaient, au 31 Décembre dernier, un excédant de 509 caisses sur les stocks au 31 Décembre 1857.

Les affaires, en 1858, ont été extrêmement languissantes. Les ventes et reventes, sur notre place, n'ont pas dépassé 2,623 caisses contre 4,657 caisses en 1857.

Au mois de Mai les nouveaux Indigos classés se payaient 50 c. de prime sur les estimations. En Juin et Juillet, 75 c. à 90 c. de prime, mais à partir du mois de Juillet et jusqu'en Décembre, la tendance du marché a été presque constamment à la baisse, et l'on était tombé aux prix d'estimation avec moins de 300 caisses de débouchés par mois.

Au mois de Décembre, la demande se réveilla et l'on déboucha 401 caisses, les prix se raffermissant en même temps par suite d'avis moins favorables à la récolte au Bengale, estimée aujourd'hui à 85,000 maunds; on parle également d'un déficit dans les expéditions de Madras.

En Angleterre, les importations de l'année dernière, en Indigo de toutes sortes, ont été de

22,757 caisses, contre 24,169 caisses en 1857.

Les débouchés se sont élevés à

23,436 caisses, contre 24,746 caisses en 1857.

Stock au 31 Décembre

19,044 caisses, contre 19,779 caisses au 31 Décembre 1857.

Le mouvement général de l'Indigo, en France et en Angleterre, a été comme suit en 1858

	France.	Angleterre.	Total.
Stocks au 31 Décembre 1857....	4,084 c.	19,779 c.	23,863 c.
Importations....................	9,847 »	22,757 »	32,604 »
	13,931 c.	42,536 c.	56,467 c.
Débouchés en 1858..............	9,338 »	23,436 »	11,774 »
Stocks au 31 Décembre 1857	4,593 c.	19,100 c.	23,683 c.

Les stocks réunis, en France et en Angleterre, sont ainsi de

23,693	caisses	au 31 Décembre	1858 contre
23,863	»	»	1857
22,296	»	»	1856
19,208	»	»	1855
28,461	»	»	1854

La quantité d'Indigo Java, présentée aux enchères de la Hollande, s'est élevée à

5,747 colis contre 5,897 colis en 1857, 9,146 colis en 1849.

Il y a ainsi une réduction, sur cette sorte, de près de 50 % depuis dix ans.

CUIRS

Les importations des Cuirs et Peaux, au Havre, ont été comme suit :

733,000	pièces	contre	
818,000	»	en	1857
508,000	»	»	1856
565,000	»	»	1855
434,000	»	»	1854

Les importations de l'année dernière ne diffèrent pas sensiblement de celles de 1857 et sont bien supérieures à la moyenne des années antérieures.

Notre marché prend un développement très considérable, non-seulement la tannerie suit de plus en plus les affaires de notre place, mais l'exportation vient puiser régulièrement dans notre stock.

Les importations, en 1858, se divisent comme suit :

		1858		1857	1856
De la Plata	secs	139,000	contre	126,000	127,000
	salés	98,000	»	57,000	36,000
Importations de la Plata		237,000	»	183,000	163,000
Rio-Grande		12,000	»	23,700	13,600
Brésil		74,000	»	28,400	29,000
Chevaux secs et salés		56,900	»	156,100	70,000
Autres provenances		112,600	»	197,100	108,000
Total		492,500	»	588,300	383,600
Vachettes de l'Inde		240,500	»	230,000	125,000
Grand Total		733,000	»	818,300	508,600

Le mouvement des Cuirs, pendant l'année 1858, a été comme suit :

Stock au 31 Décembre 1857		522,000	pièces
Importations en 1858		733,000	»
		1,255,000	pièces
Débouchés pour la consommation	900,000 pièces		
» pour l'exportation	100,000 »	1,000,000	»
Stocks au 31 Décembre 1858		255,000	pièces

27,200	secs de la Plata
25,300	salés »
27,300	Chevaux secs et salés
53,200	autres sortes
122,000	Vachettes
240,000	Pièces

Les exportations ont été considérables en 1858, principalement pour les États-Unis, dont les stocks se trouvaient très réduits par suite des énormes envois qu'ils avaient dirigés sur l'Europe en 1857.

Les prix ont éprouvé des variations de baisse et de hausse; ainsi les bœufs et vaches 1res de la Plata que nous cotions en Janvier 1858 de F. 135 à F. 140, sont tombés en *Mai* de F. 120 à F. 125 pour remonter aux premiers prix. Les Saladeros ont été à F. 62 1/2 au plus bas et F. 75 au plus haut. Les Mataderos sont montés de F. 44 à F. 60. Les Rio-Grande salés de F. 60 à F. 74 pour retomber à F. 69. Les Rio-Janeiro de F. 45 à F. 60, et les chevaux salés ont varié entre F. 9 et F. 17 la pièce.

Le mouvement de baisse qui s'était dessiné en Novembre, paraît être arrêté, et, d'après les avis de la Plata, il y aurait des motifs pour croire à une reprise en Europe.

RIZ

Les importations de Riz au Havre ont été en

1858	5,191	tierçons	99,000	sacs
1857	3,700	—	192,000	—
1856	6,300	—	364,000	—

Les prix ont encore été bas en 1858, soit de F. 9 à F. 14 pour les Riz de l'Inde.

Une longue interruption dans les importations en Europe pourrait seule relever les cours, car les récoltes en Céréales ayant été encore très abondantes, la consommation alimentaire du Riz n'est pas susceptible d'augmenter, et la distillerie prendra probablement moins cette année, les vins ordinaires étant très abondants.

La consommation du Riz en France, en 1857, a été de

97,000	tonneaux	contre
68,000	—	en 1856
33,000	—	1855
49,000	—	1854

Les chiffres pour 1858 nous manquent.

Notre stock, au 31 Décembre, était de 600 tierçons Caroline et de 130,000 sacs Riz de l'Inde.

GRAINS ET FARINES

La récolte ayant encore été très abondante en France, en 1858, les exportations ont de beaucoup excédé les importations, et les prix sont tombés presque au plus bas de l'échelle.

Les faibles importations au Havre, en Blé et Farine, n'ont eu pour effet que d'affranchir des droits de navigation les navires importeurs.

Il a ainsi été importé au Havre, en 1858, 2,013,000 kilog. Farine contre 5,272,000 kilog. en 1857, et 2,800 hectolitres Froment contre 291,700 hectolitres en 1857.

Les importations en France, pour les onze premiers mois de 1858, ont été de 3,936,000 quintaux métriques contre :

6,103,000	quint. mét. en	1857
7,372,000	»	1856

Les exportations de la France, pour les onze premiers mois de 1858, ont été de 6,332,000 quintaux métriques contre :

2,018,000 quint. mét. en 1857
840,000 » 1856

Le tableau ci-après donne, mois par mois, les variations énormes du prix moyen d'un hectolitre de froment en France, pendant les cinq dernières années.

	1858	1857	1856	1855	1854
	—	—	—	—	—
Janvier	17,39	27,09	27,—	27,24	30,50
Février	16,99	27,81	30,39	27,17	31,95
Mars	16,89	27,58	29,36	26,48	31,01
Avril	16,26	26,97	28,04	26,22	31,01
Mai	15,91	27,16	28,83	26,69	29,82
Juin	16,42	27,18	31,—	29,86	29,53
Juillet	17,51	25,75	33,49	29,57	32,32
Août	17,06	21,61	32,63	28,89	32,01
Septembre	16,20	20,23	30,38	31,88	27,22
Octobre	15,84	18,73	29,43	32,69	24,15
Novembre	15,55	17,97	28,71	32,70	26,39
Décembre	15,50	17,85	27,80	33,48	27,08
Moyenne de l'année	16,46	23,82	29,75	29,40	29,42

La consommation étant estimée à 70 millions d'hectolitres, la France aurait consacré pour son pain 930 millions de moins en 1858 qu'en 1856, et des économies de cette importance doivent nécessairement exercer une grande influence sur d'autres dépenses.

De 1816 à 1856, la France a eu invariablement des séries de 5 à 6 ans d'abondance ou de disette, ainsi qu'on peut en juger par le tableau ci-après :

	Excédants des importations sur les exportations	Excédants des exportations sur les importations	Prix moyen de l'hectolitre
	—	—	—
6 années disette (1816/21)........	6,248,000	»	26,22
6 années abondance (1822/27).	»	1,250,000	15,65
5 années disette (1828/32)........	9,528,000	»	22,11
5 années abondance (1833/37).	»	945,000	15,83
5 années mixtes [1] (1838/42)..	1,126,000	»	20,88
5 années disette (1843/47)........	18,696,000	»	25,75
5 années abondance (1848/52).	»	16,237,000	15,45
4 années disette (1853/56)...... ..	20,207,000	»	27,98
41 années.....	55,805,000	18,432,000	

Dans ces 41 ans, il a été importé.............	55,805,000	hectolitres
et exporté..	18,432,000	»
Excédant des importations........................	37,373,000	hectolitres

Mais nous importons à *de hauts prix* et nous n'exportons qu'à *de bas prix*, d'où il suit que les 55,805,000 hectolitres importés ont coûté à la France environ.. 1,440 millions.
tandis que les 18,432,000 hectolitres exportés dans les mêmes années, n'ont produit au pays qu'environ.......... 280 —

laissant une perte de.. 1,160 millions
soit en moyenne 28 millions *par an*, pour un déficit qui est en moyenne de moins de 1 million d'hectolitres par an (37,373,000 hectolitres pour 41 ans, 1816 à 1856).

Ce n'est pas en ressuscitant le système impuissant et partout dé-

[1] La période *mixte* n'est pas une période d'abondance. Les importations les plus fortes ont été faites dans les 2 années de cette période, où le prix moyen de l'année était F. 22 l'hectolitre.

laissé de l'Echelle mobile, que la France verra s'atténuer les sacrifices énormes qui jusqu'ici lui ont été imposés pour son alimentation.

Il est plus rationnel :

1° De favoriser l'Agriculture en laissant aux cultivateurs la faculté de se procurer où bon leur semble, les engrais, les instruments aratoires etc., et de vendre librement leurs produits en dedans comme en dehors sur les marchés qui leur paraissent le plus profitable.

2° D'encourager chez les fermiers ou chez tous ceux qui font le commerce des grains, l'emploi des moyens les plus efficaces et les plus économiques de conserver le blé aux époques de l'abondance et du bon marché, afin de diminuer d'autant les achats que la France est obligée de faire à l'étranger dans les années de disette et de prix élevés.

L'histoire apprend que les disettes ont coïncidé avec les révolutions. Celles de 1830 et de 1848, se rapportent aux deux disettes qui ont précédé la dernière.

Mais on est frappé de la différence qui a signalé la disette la plus récente (1853-1856).

Dès son début, le décret de suspension de l'Échelle mobile, dû à la haute prévoyance de l'Empereur, a donné aux importations une impulsion dont les disettes antérieures n'offrent pas d'exemple.

C'est ce qui résulte des états officiels [1], et l'on y trouve la preuve

[1] Importat. pendant la disette	(1853—1856)	28,000,000 h.,	soit 7,000,000 h.	par an
» » »	(1843—1847)	20,000,000	» 4,000,000	»
Exportat. » »	(1853—1856)	8,000,000	» 2,000,000	»
» » »	(1843—1847)	1,500,000	» 300,000	»

Le déficit réel de la dernière disette n'a donc pas été plus considérable que le déficit de la période (1843—1847) et les importations ont été beaucoup plus fortes néanmoins.

que le régime de libre importation des grains en France est le plus propre à créer, en temps utile, les approvisionnements que le pays réclame.

Le bienfait de la liberté du commerce, appliquée aux céréales, a été maintenu pendant toute la durée de la dernière disette.

La suspension de la loi de l'Echelle mobile, qui en dernier lieu avait été prorogée, par décret impérial, jusqu'au 30 Septembre 1858, était arrivée à son terme : rien n'indiquait le jour fixé, que la loi qui régit les céréales ne dût reprendre son empire. Le bas prix du pain semblait justifier pleinement l'abrogation de toute mesure exceptionnelle.

Ce n'est donc pas sans surprise qu'on a vu dans le *Moniteur* un nouveau décret, daté du 30 Septembre, le jour même de l'expiration du délai, prorogeant encore jusqu'au 30 Septembre 1859 la suspension de la loi en ce qui concerne l'importation.

Il est regrettable que la promulgation de ce nouveau décret n'ait pas devancé l'époque fixée pour l'expiration de l'effet du précédent décret.

Le commerce n'eut pas eu à souffrir des perturbations occasionnées par l'annonce inopinée d'une nouvelle prorogation, à laquelle on ne devait pas s'attendre, une fois le délai expiré.

Il est aussi à regretter que la liberté n'ait pas été maintenue pour l'exportation aussi bien que pour l'importation.

Nous ne pouvons terminer cette revue sans mentionner un décret impérial, en date du 16 Novembre 1858, en vertu duquel les boulangers de 160 villes de l'Empire seront assujettis à maintenir un approvisionnement de trois mois de leur fabrication, soit en grains, soit en farine.

Il est à craindre que cette mesure, qui maintient des réserves obligatoires, ne soit de nature à refroidir l'ardeur des importeurs, à l'époque de la rareté, en raison de la baisse précipitée qui aurait lieu si le gouvernement trouvait opportun, dans un moment donné, de dégager les boulangers de l'obligation des réserves.

La France est en ce moment, de tous les pays circonvoisins, celui où le Blé et la Farine sont au meilleur marché. On exporte du Havre d'excellentes Farines étuvées, bien au-dessous des prix aux Etats-Unis, à Trieste, etc.

Le dernier prix de la Halle de Montivilliers a été de F. 41 60 les 200 kilog., soit F. 15 60 par hectolitre.

La Farine étuvée se vend F. 33 le baril de 88 kilog. net, et le Biscuit de mer F. 19 à F. 22 les 50 kilog., suivant qualité.

NITRATE DE SOUDE

Il a été importé au Havre :

en 1858	103,000	sacs
1857	70,000	—
1856	44,000	—
1855	52,000	—
1854	50,000	—

Il y a ainsi augmentation sensible dans les importations de 1858 sur les quatre années précédentes.

La consommation en France, a été de

9,000	tonn.	en 1858	contre
9,000	—	1857	
6,100	—	1856	
6,700	—	1855	
6,000	—	1854	

La consommation des Nitrates de Soude tend à augmenter en France ; l'écart énorme qui existe depuis deux ans entre les Nitrates et les Salpêtres de l'Inde ayant rendu possible l'emploi des premiers pour la fabrication de la poudre à canon, après conversion en Nitrate de Potasse.

SALPÊTRE DE L'INDE

Les importations, au Havre, ont été de

9,100	sacs	contre
13,600	—	en 1857
9,200	—	1856
9,300	—	1855
12,200	—	1854

La consommation, en France, a été de

2,500	tonn.	contre
3,700	—	en 1857
1,900	—	1856
3,700	—	1855

Les prix, en 1858, se sont presque constamment tenus dans les environs de F. 50 les 50 kilog. entrepôt.

LAINES

Le Havre prend une importance très remarquable pour le commerce des Laines, dont le développement paraît aujourd'hui assuré.

La statistique générale de l'importation au Havre présente les chiffres suivants, pour les années ci-après :

	1858	1857	1856	1855	1854
	—	—	—	—	—
Laines de la Plata	8,800 B.	3,500 B.	4,000 B.	3,100 B.	2,100 B.
— d'Australie et Mers du Sud	6,600 »	6,300 »	2,100 »	3,000 »	1,100 »
— diverses	1,500 »	1,200 »	800 »	900 »	100 »
Peaux de Mouton	1,500 »	1,100 »	900 »	1,500 »	600 »
Importations directes	18,400 B.	12,100 B.	7,800 B.	8,500 B.	3,900 B.
Laines des Entrepôts	19,000 B.	30,000 B.	19,000 B.	9,000 B.	4,600 B.

HUILES

L'importation générale au Havre a été inférieure, cette année, dans l'ensemble, et non-seulement sur 1857, qui ne constatait aucun progrès, mais encore sur les années précédentes. La différence est surtout sensible sur les Huiles de Baleine.

Importations au Havre des cinq dernières années

		1858	1857	1856	1855	1854
		—	—	—	—	—
Huiles de Baleine	barils	5,300	8,600	11,100	4,600	13,200
» de Morue	»	2,800	2,500	1,800	2,600	1,100
» de Palme	fûts	3,900	4,500	4,300	5,400	2,100
» de Coco	»	700	1,900	700	2,000	1,000

Huiles de Baleine. — Les prix débutèrent à F. 64 et F. 65 pour tomber à F. 50 et F. 51, à l'époque de l'arrivée des huiles de pêche américaine. La baisse a depuis été regagnée, et au-delà, par suite de très mauvais avis de la pêche.

Huile de Palme. — Les prix ont roulé toute l'année entre 52 et 55.

SUIFS

Les importations au Havre, en 1858, ont été comme suit, pendant les cinq dernières années :

		1858	1857	1856	1855	1854
		—	—	—	—	—
Suif de la Plata.........	fûts	1,000	1,800	500	100	400
» de Russie...........	»	1,900	7,800	6,800	2,700	150
» de divers.............	»	500	600	100	100	50
Graisses diverses........	»	900	3,300	1,400	2,000	200

Le plus haut cours, pour les Suifs de Russie, a été F. 67. On est progressivement tombé à F. 63 et F. 64.

HOUILLE ÉTRANGÈRE

Nous avons reçu d'Angleterre :

1858............................	595	cargaisons
1857............................	547	»
1856............................	563	»
1855............................	496	»
1854............................	373	»

Les importations en France de Houille étrangère, par terre et par mer, ont été de 429,000 tonneaux pour les onze premiers mois de 1858. Elles ont été de :

449,000	tonn. en	1857
416,000	»	1856
405,000	»	1855
336,000	»	1854

La consommation de la Houille étrangère en France, a présenté la progression suivante :

1854.................. 312,000 tonn.
1855.................. 331,000 »
1856.................. 396,000 »
1857.................. 420,000 »
1858, pour onze mois.................. 407,000 tonn.

Navires entrés dans le port du Havre

Années	Navires du Long-Cours	Du petit cabotage avec l'étranger et grand cabotage	Du petit cabotage des Ports de France	Total des Navires	Total du Tonnage
En 1858	713	1,799	4,160	6,672	1,050,465
— 1857	715	1,906	4,362	6,983	1,056,168
— 1856	778	1,903	3,951	6,632	1,052,496
— 1855	761	1,832	3,526	6,119	808,741
— 1854	697	1,559	3,527	5,783	837,894
— 1853	580	1,707	3,275	5,562	773,820
— 1852	621	1,336	2,861	4,818	665,264
— 1851	485	1,451	2,790	4,726	622,288
— 1850	478	1,328	2,700	4,506	572,062
— 1849	517	1,126	2,520	4,163	545,770

Le Long-Cours se décompose comme suit :

Années..................	1858	1857	1856	1585	1854
des États-Unis..................	240	210	302	275	301
du Brésil..................	63	66	59	66	44
de Haïti..................	74	76	70	82	57
des Antilles étrangères..................	37	59	46	99	51
de la Plata et Rio-Grande..................	37	32	25	30	26
du Pérou, du Chili, du Mexique et Colombie..................	117	110	93	48	31
de l'Inde et de la Chine..................	44	55	66	45	32
de Bourbon..................	4	3	6	10	4
du Sénégal, Cayenne et Côte-d'Afrique..................	22	36	21	26	15
de la pêche à la Baleine..................	2	3	6	2	6
de la Martinique..................	36	39	45	38	45
de la Guadeloupe..................	37	26	39	40	45
	713	715	778	761	697

Droits perçus par la Douane du Havre.

1858 —	41,600,000
1857 —	43,700,000
1856 —	44,000,000
1855 —	48,600,000
1854 —	36,000,000
1853 —	34,900,000
1852 —	34,600,000
1851 —	26,000,000
1850 —	25,900,000
1849 —	29,200,000

DE CONINCK FRÈRES & Cie.

www.ingramcontent.com/pod-product-compliance
Lightning Source LLC
Chambersburg PA
CBHW072257210626
46818CB00017B/1409
9782019530570